MASCARADE

DES

CINQ SENS DE NATVRE

conduicts

PAR LA FORTVNE ET LES

plaisirs.

Dansée à Troyes.

M. DC. LVIII.

Premiere & seconde entrée.

La Fortune sera suiuie des plaisirs.

LA FORTVNE.

De quelque grandeur apparante
Dont l'Homme flatte son attante,
Sur quelque fondement qu'il mette son appuy,
Il ne faict iamais rien, quelque chose qu'il tante,
S'il n'a la Fortune pour luy.

Les plaisirs.

Nous suiuons toûiours la Fortune,
Sans qui l'amour & les plaisirs,
Ne donnent aucuns beaux desirs
A la blonde, ny à la brune.

Troisiesme & quatriesme entrée.

La Beauté viendra seule, & en suite l'Amour,
les graces, les ieux, & les agreements dan-
seront auec elle, pour representer la Veuë

La Beauté.

Ie suis l'émant des cœurs, & le plaisir des yeux,
Je rauis d'vn regard tout le monde en extaze,
Il n'est point de glaçon que mon éclat n'embraze,
Et mes graces ont charmé les hômes & les Dieux.

L'amour, les graces, les ieux, & les agreements.

Châcun de nous est vn enfant discret,
qui garde le secret,

Et de qui la vertu paroiſt ſur le viſage,
Nous ſommes plaiſirs innocents,
Et ſi la force en nous égaloit le courage,
Mes Dames nous ſerions contents
De vous en donner quelque gage.
Nous en diſons beaucoup, mais auant peu de temps
Nous en ferons bien dauantage

Cinquieſme entrée.

Bacchus ſous l'habit d'vn Suiſſe, danſera auec Cerés, pour repreſenter le gouſt.

Bacchus.

Il n'eſt point d'eſprit fort que le mien ne confonde,
Ie preſide à la Table, & le Verre à la main
En qualité de ſouuerain
Ie faits des Loix à tout le monde;

I'inspire la franchise aux plus grands imposteurs,
Ie sers aux affligez, i'asseure les timides,
  Et des hommes les plus stupides,
  Ie sçay faire des Orateurs.

Cerés.

Bacchus offre & donne des biens
Par qui de tout soucy vne ame se déliure,
Et sans iouïr de ses dons & des miens,
  Il est impossible de viure.
L'amour mesme, ce Dieu qu'on voit si triomphant,
  Boit & mange comme vn autre enfant,
Et pourroit bien sans nous mourir de la famine,
Aussi n'est-il iamais plus gaillard ny plus beau,
  Que lors qu'au feu de la Cuisine,
  Il peut allumer son flambeau.

Sixiesme entrée.

Pomone, Flore, & les Nimphes des Odeurs,
representeront l'Odorat.

Pomone.

J'aymaille les Iardins, des plus riches couleurs,
  Dont la Terre est pourueuë,
Et ie donne des Fruicts, aussi bien que des Fleurs,
  Pour contenter le Goust, l'Odorat, & la Veuë.

Flore.

Je faits naître des Fleurs, & lors que les Zephirs
  Me découurent leur peine,
Qu'ils expliquent toûiours par d'aimable souspirs,
  J'embaulme leur haleine.

Les Nimphes des Odeurs.

Pour vous qui cherissés & sentés nos Odeurs
D'vn plaisir legitime,
Vous pouués au Printēps vous parer de nos Fleurs
Mais en cueillāt la Rose, gardés vous de l'Espine.

Septiesme entrée.

Iupiter trauesty caressant vne Maistresse, est surpris par Iunon, desguisée en Vieille qui les frottera tous deux, ce qui represente l'Attouchement.

Iupiter.

Flatter assiduëment les glorieux appas
D'vne beauté farouche.

La voir, l'idolastrer, & ne la ioindre pas,
C'est posseder vn bien, où iamais on ne touche

Viure dans ces langueurs, c'est vn lasche dessein
    Mais de peur qu'il m'ennuie,
Ie veux voir & toucher la neige d'vn beau sein
Car pour mes Danaées, i'ay toûiours de la pluye

Iunon.

Quoy, ie verray dans ces bas lieux
Iupin trauesty hors des Cieux
Galantizer vne fillette,
Vrayement ie vous frotteray des mieux
Monsieur le Cocq & la Cocquette.

Huictieſme entrée.

Apollon ſous l'habit d'vn Eſpagnol ſuiu
d'vn Eſcuyer, viendra conduire vne Sym
phonie de pluſieurs inſtruments de Muſi
que, & danſera auec la Quittere, & le
Caſtagnettes, & cette Harmonie repré
ſentera Louïç.

Apollon.

Ie ſuis Maiſtre au Concert des Cieux,

Ils ſuiuent ma meſure

Et mes accords diuers, rauiſſans tous les Dieux
Ils me laiſſent le ſoing de regler la Nature.

C'eſt moy qui ſçay gaigner les rebelles eſprits,
            Auec tant de merueille,
Que ſans vſer de charmes, ils en reſtent ſurpris,
Et ie ſuſpens vne ame, en flattant vne oreille.

Quãd i'accorde ma Lire au doux air de ma voix
            D'vne Harmonie charmante,
Et touchant dextrement ſur vn morceau de bois,
Si ie n'y ſonge pas, c'eſt alors que i'enchante.

Belles qui m'adorés, par diuertiſſement
            Vſés de ma pratique,
Et lors que vous verrés toucher mon Inſtrument
our faire vn bon accord, ſoyés de ma Muſique.

Neufiesme entrée.

Les cinq Sens de Nature ensemble.

Aux Dames.

Beautés les yeux ont des appas
Comme l'Odorat ses delices,
Qui plaisans assés aux caprices
Souuent ne les contentent pas,
Le Goust s'emporte à la licence;
L'oreille à trop d'impatience;
Mais pour charmer le sentiment
Des plus doux plaisirs de la vie
Et rendre vne Dame rauie,
C'est l'effect dans l'Attouchement.

Dixiefme & derniere entrée.

Deux danferont vne Bourée pour finir la Mafcarade.

AVX SPECTATEVRS.

Si tous les cinq Sens de Nature
N'oint point amoindry la froidure
Que la faifon nous fait fentir,
Prenès vne robbe fourée,
Ou fi vous voulés moins pâtir,
Chauffés vous à noftre Bourée.

FIN.